knapp

Ein Buch aus der *Perlen*-Reihe.

Robert Lerch

Es
*steht
ein
Stein*

*Illustrationen
von
Jörg Binz*

knapp

*Wer in der wahren
Quelle allen Lebens lebt,
braucht nichts anderes zu finden
als Weisheit und Glücklichsein.*

Plato, 427 v. Chr. – 347 v. Chr.

Ulrich Knellwolf

**Robert Lerchs
Aphorismen und Gedichte**
Ein Vorwort

Robert Lerch ist vier Jahre älter als ich. Beide sind wir am Rand von Olten aufgewachsen. Er auf dem Ruttigerhof an der Aare zwischen Aarburg und Olten, ich nahe der Grenze zum Gäu im Westen der Stadt. Zwischen uns stand der Born, dieses von der Eiszeit stehen gelassene Stück einer Jurakette.
Ich bin sicher, dass wir uns vom Sehen kannten, denn wir gingen in dieselben Schulhäuser. Aber vier Jahre Altersunterschied bedeuten in der Kindheit verschiedene Welten. Woran ich mich erinnern kann, ist, dass unsere Klasse im dritten oder vierten Schuljahr einen Ausflug zum Ruttigerhof machte, der mir damals als das Urbild eines Bauerngutes vorkam, fast wie das Paradies. Und ich beneidete einen, der da aufwachsen konnte. Nicht, dass ich's zu Hause nicht gut gehabt hätte. Aber auf dem Ruttigerhof gab's Tiere die Fülle; bei uns daheim gab's nur eine Katze. Und ich hät-

te doch fürs Leben gern eine Ziege oder einen Esel oder sonst ein grösseres Tier gehabt, am liebsten eine Kuh. Eben wie auf einem Bauernhof.

Nun, da wir beide alte Männer sind, haben wir uns vor Kurzem kennengelernt. Im Zeichen der Literatur. Und haben die Liebe zum Wort und zum Gedanken als Gemeinsamkeit entdeckt. Nicht zum gestelzten Wort und Gedanken, sondern zum einfachen, zum «träfen». Er mit seinen Aphorismen und Gedichten, ich mit meinen Geschichten und Predigten.

Beides sind nicht literarische Werke mit Ewigkeitsanspruch. Sie sind zufrieden, wenn sie vorübergehend ein Stück Wirklichkeit erhellen und das Gefühl geben, dass wir nicht in eine völlig fremde Welt geworfen sind. Keine absolute Wahrheit ist angestrebt, eine relative, eine, die auf Zeit einleuchtet. Seltsamerweise werden solcherlei unambitionierten Produkte nicht ganz selten sprichwörtliches Allgemeingut, und der Name des Autors geht darob vergessen. Wie beim Brot, dessen Erfinder wir nicht mit Namen kennen. Denen, die's brauchen können, ein paar Bissen Hausbrot anzubieten, genügt uns. Dass ein Stück der offenen Welt in einen geschlossenen Satz gefasst werden kann, hat etwas ungemein Beruhigendes, Gewissheit Gebendes. Man fühlt sich nicht verirrt und verloren.

Die Lyrik Robert Lerchs kommt nicht gelehrt daher. Sie ist nicht zu den Autoritäten der Dichtung in die Schule gegangen; sie ist im eigenen Garten gewachsen.

Dazu passt, dass sie, wenn ich richtig sehe, ihre Wurzel im Aphorismus hat. In dem Namen stecken die beiden griechischen Wörter apho und riza. Apho heisst plötzlich, unversehens; riza ist die Wurzel. Unversehens wird mir die Wurzel von etwas klar. Plötzlich wie der Blitz aus heiterm Himmel geht mir auf, was es mit einem Ding für eine tiefere Bewandtnis hat. In der Form eines Satzes fliegt mir die Einsicht zu; der Satz gibt einem Stück meiner Welt Gültigkeit. Der Aphorismus meisselt keine unverrückbaren Dogmen in Stein. Aber er formuliert eine Erklärung für einen Teil meiner Welt, bei der ich es vorläufig bewenden, mit der ich mich bis zu besserer Einsicht zufrieden geben kann.

So bekommen die Sätze und Gedichte Robert Lerchs etwas Pragmatisches, unaufgeregt Vernünftiges. Das wird zu tun haben mit der bäuerlichen Herkunft des Autors. Was will der Bauer machen, wenn der Aprilfrost die Blütenpracht seiner Obstbäume zerstört? Er muss einen Satz finden, der das Ereignis zwar nicht restlos erklärt, aber doch irgendwie in einen Zusammenhang einordnet und ihm so die verletzende Schärfe nimmt.

Dem Theologen fällt auf, dass in diesen Aphorismen und Gedichten keine ausdrückliche religiöse Richtung festzumachen ist. Da stehen Aussagen, die dem Christentum zugeordnet werden können, neben solchen, die buddhistischer, konfuzianischer oder noch anderer Herkunft sein könnten. Das hat nichts mit der multireligiös werdenden modernen Gesellschaft zu tun, sondern ist begründet in den Erfahrungen mit der Erde und der Natur. In aphoristischer Weisheit läuft vielerlei wie Wildwuchs neben- und durcheinander, was für die Religionsfachleute kaum zusammengehört. Aber so ist es eben: Wir alle sind religiöse Mischwesen, von alters her viel «interkultureller», als es Leitkulturen und Leitreligionen gerne hätten. Vielleicht ist es eine unserer Aufgaben, uns dessen bewusst zu werden. Robert Lerch weist darauf hin mit seinem direkten, unverstellten, unideologischen Blick in die Welt, der ihm unversehens einen Satz eingibt, durch den an einem kleinen Brocken Welt die Ahnung einer grösseren, guten Ordnung aller Dinge aufleuchtet.

In ihrer unsentimentalen, vernünftigen Art erbauen mich die Aphorismen und Gedichte Robert Lerchs. Ich wünsche ihnen aufmerksame, erfreute und dankbare Leserinnen und Leser.

Ulrich Knellwolf, Theologe und Schriftsteller

Aphorismen

*Es kann lange dauern,
bis man Schleichern auf die Schliche kommt.*

*Wer vergeben kann,
baut an seiner Treppe zum Himmel.*

*Die Liebe ist wie die Luft.
Sie füllt die Räume zwischen uns.*

*Der Mensch will beschäftigt sein. Am liebsten auf
seine Spielart – und deren gibt es viele.*

*Jeder Gedanke, bei allem, was wir tun oder
lassen, ist eine Masche an unserem Seelenkleid,
an dem wir täglich stricken. Es ist unser Kleid,
und im Spiegel der Selbsterkenntnis erkennen
wir jede einzelne Masche, wie sie entstand und
was daraus geworden ist.*

*Manch einer wird staunen,
wie viel seine Wahrheit einmal wert sein wird.*

*Wer vor dem Richter recht bekommt,
hat noch längst nicht immer recht.*

*Sie rühmen sich gegenseitig die Treppe hinauf,
die Etablierten der jeweiligen Spezies.*

Halt keinen auf, der gehen will.

*Es ist die hohe Gabe des Unterscheidens,
zu wissen, was wann wo und warum richtig ist.*

*Wenn du ein Meister bist,
dann bist du es auch, wenn es keiner weiss.*

*Was du dir erlauben kannst,
musst du selbst entscheiden.*

*Suche Gott in allen und allem –
ER wird dir begegnen.*

*Vorsicht! Die Greifzange der Macht greift ebenso
kräftig nach dem, der sie bedient.*

*Die Liebe ist das Löschwasser für die Brände
in den Herzen.*

*Aus allen möglichen Quellen werden wir
«aufgeklärt». Doch vergessen wir nicht,
selber zu denken, zu prüfen und zu entscheiden.*

*Uns täglich der Heiligkeit des Augenblicks
bewusster werden,
ist der Weg zu unserem ewigen Kern.*

*Nicht Lippenbekenntnisse, unsere innere Haltung
ist entscheidend und kann Berge versetzen.*

*Je mehr wir über fremde Reize lästern,
je reizloser werden wir selbst.*

*Bis wir endlich verstehen, dass es letztlich nicht
der Verstand ist, der alles versteht,
kann es lange dauern.*

*Wer den eigenen Redeschwall nicht mehr
bremsen kann, überfährt gedankenlos manche
Sicherheitslinie.*

Das Spiel mit dem Tod

Irgendwo weit weg von mir
irgendwo bestimmt nicht hier
wohnt der Tod allein für sich
findet jeden nur nicht mich.

Irgendwann ich ahn es schon
kriegt wohl jeder seinen Lohn
irgendwann es kann schon sein
findet mancher ihn zu klein.

Irgendwann entwisch ich ihm
schwebe leise an mein Ziel
und ER sucht und ärgert sich:
Dieser Schurke narrte mich.

Fass Mut

Such deinen Weg zum eignen Selbst
du kannst ihn selber finden
selbst die Zweifel die dich plagen
alleine überwinden.

Der eignen Kraft vertraue ihr
sie schlummert in uns allen
sie kennt und führt uns an das Ziel
im Gehen oder Fallen.

Fass Mut und wag den ersten Schritt
dann kommt dir viel entgegen
das weiterhilft dich führt und trägt
auf immer neuen Wegen.

Es ist dein Weg und ist dein Ziel
ganz zu dir selbst zu finden
dann wird dein Licht das strahlen will
sich wie von selbst entzünden.

Steter Wandel

Es träumte ein Tropfen
vom Kommen und Gehen
und den Gezeiten
seit ewiger Zeit.

Im Himmel geboren
aus wissendem Schosse
ist jeder von euch
ein Teil dieser Welt.

Er spiegelt ein Bildnis
von Dingen und Menschen
ohne zu werten
trägt er es zum Meer.

Nichts bleibt ihm verborgen
im stetigen Wandel
spendet er Leben
wohin er auch fällt.

Das Blatt und der Wind

Ich bin eines von vielen
am lebendigen Baum
von weit her betrachtet
erkennt man mich kaum.

Doch der Wind aus der Ferne
flüstert leise mir zu
wohin ich auch reise
ist keines wie du.

Du bist eines von vielen
das mein Atem bewegt
und wirst du einst fallen
bin ichs der dich trägt.

Schuhpoesie

Es ändern die Schuhe
von Kindsbeinen an
vielmehr die der Frauen
als jene vom Mann.

Die kleinen und grossen
lassen euch grüssen
was wären wir ohne
eueren Füssen.

Wir sind euch verbunden
wohin ihr auch geht
mit eilenden Schritten
oder selbst wenn ihr steht.

Wir sind oft auch eitel
dann wieder diskret
sind gerne flexibel
wenn ihr uns versteht.

Auch wir werden älter
und faltig am Bein
und fragen uns bange:
War alles nur Schein?

Ein Licht für die Liebe

Ein Glühwürmchen träumte
in finsterer Nacht
man muss mich doch sehen
in all meiner Pracht.

Es lässt die Laterne
leuchten weithin
damit sich die Schönen
nicht einfach verziehn.

Ihr Helden ich bin doch
nicht nur so ein Wurm
ich werd eure Herzen
erobern im Sturm.

Ich will für euch leuchten
ihr habt es verdient
die Liebe soll leben
wie es sich geziemt.

Verbunden

Jenseits der Grenzen
die nicht wirklich sind
leben die Freunde
so frei wie der Wind

Jenseits des Ufers
herrscht Leben wie hier
herzlich verbunden
mit euch sind auch wir.

Vieles verbirgt sich
doch manchmal im Traum
begegnen wir uns
wir achten es kaum.

Hilfreich verbindet
ein sicheres Band
uns mit euch allen
im lichtvollen Land.

Das letzte Blatt

Das letzte Blatt
sah alle fallen
und durch die Stille
klang ihr Ruf
wir warten schon
sei uns willkommen
in unsrer Mitte
du fehlst uns sehr

Nähe

Ist es nicht hohe Menschlichkeit
Nähe einzugehen
um so den andern wie er ist
besser zu verstehen

Nur wer es wagt und herzlich sich
einlässt auf den Nächsten
verschenkt was nicht zu kaufen ist
Nähe auch dem Schwächsten

Ist es nicht hohe Menschlichkeit
es stets neu zu wagen
so mancher würde heute schon
vieles leichter tragen.

Selbsterkenntnis

Im Spiegel prüft ein Sucher sich
und spricht zu sich ganz leise
den kenn ich doch mit dem bin ich
schon länger auf der Reise.

Du bist vertraut mir lieber Freund
auf sonderbare Weise
ich suchte lange hier und dort
und drehte mich im Kreise.

Nun weiss ich endlich du und ich
sind ewig uns verbunden
im Spiegelbild da habe ich mich
in mir selbst gefunden.

Partnerschaft

Zwei Spuren und das gleiche Ziel
nach dem zwei Menschen streben
und jeder steht dem andern bei
was kommen mag im Leben.

Und doch geht jeder seinen Weg
in Freiheit ungebunden
im Wissen darum wer sich liebt
hat einen Freund gefunden.

Die Liebe engt nicht ein und lässt
sie beide stärker werden
auf ihrem Weg ans gleiche Ziel
gemeinsam hier auf Erden.

Entscheidung

Sag nicht gleich Ja
sag nicht gleich Nein

Vertrau einfach dem Augenblick
und lass dein Herz nicht binden
mit seiner Hilfe die nie engt
wirst du die Antwort finden

Sagst du jetzt Ja
sagst du auch Nein
im Augenblick wirds richtig sein

Zweisamkeit

Wir waren fremd und doch so nah
und alles was ich an dir sah
ist das was uns verbindet
wenn man zum andern findet

Doch fesseln werden wir uns nicht
was immer aus dem Herzen spricht
ist Achtung vor dem Leben
nach dem wir beide streben

So bleiben wir uns selber treu
und finden immer wieder neu
zum Freund der uns begleitet
und unsre Herzen weitet

Frei wie der Wind

Es weht der Wind wohin er will
ihn halten keine Schranken.
Sind nicht wir Reisende wie er
mit unseren Gedanken.

Dort wo sie weilen bauen sie
in unsichtbaren Räumen
an dem was uns die Zukunft bringt
von der wir oftmals träumen.

Ihr reist wohin ihr immer wollt
und lasst euch niemals binden.
Die Freiheit ists die ruft und lockt
um zu uns selbst zu finden.

Vertraute Nähe

Du schenkst viel mehr als Gut und Geld
du schenkst mir deine Nähe
du gibst von dir, allein das zählt,
viel mehr als ich jetzt sehe

Und doch berührt es tief in mir
auf sonderbare Weise
was nur das Herz erfahren kann
auf seiner Lebensreise

Ich danke dir, was du mir gibst
soll dir zum Segen werden
die Liebe pocht in jedem Herz
das Nähe sucht auf Erden
So werden wir, allein das zählt,
uns selbst einander schenken
so will ich heut, auch fern von dir
voll Liebe an dich denken

ES

ES ist das zwischen uns Schwingende,
das uns miteinander und mit dem Grossen
Ganzen verbindet.
ES immer deutlicher wahrzunehmen,
ist unsere tägliche Herausforderung.
ES nährt das Körnchen Wahrheit,
das uns gegeben ist und sich entfalten will.
ES füllt die Räume zwischen dem Seienden,
so wie das Wasser den Krug.
ES ist der lebendige Atem, der Leben erschafft
und erhält.
Auch wenn es keiner zu sehen vermag, ist ES da,
wo immer wir sind.
ES ist geduldig und strahlt, wo immer einer mit
einem Lächeln auf den Lippen erwacht.

Begegnung

Ohne zu suchen fanden wir uns
am Wegkreuz nach irgendwo
wo Zeit sich zeitlos vergisst.

Während dein Blick fragend auf mir ruht
antworte ich dir wortlos
aus der Tiefe meines Seins.

Dieser unendliche Augenblick
lässt uns staunend erahnen
was Menschen verbindet.

Tanz der Mücken

Ihr tanzt mit der Sonne
ihr tanzt mit dem Licht
seid frei wie ein Windhauch
er bindet euch nicht.

Er trägt euch ins Leben
das Spiel ist und Glück
was gestern noch Traum war
liegt längst schon zurück.

Ihr feiert den Sommer
ob kurz oder lang
was morgen auch sein wird
macht euch heut nicht bang.

Ihr Mücken ihr kleinen
wie seid ihr doch gross
ihr lässt mich heut staunen
wie macht ihr das bloss?

Mensch, wohin gehst du?
Quo vadis

Es gab eine Zeit, da folgtest du dem Ruf des Herzens, der Freiheit und der Liebe auf den schmalen Pfaden.

Sie zu begehen ist nicht leicht. Oft bist du alleine und Ungewissheit macht dir Angst, wohin der Weg sich wendet.

Immer wieder, tief im grünen Tal, lockt der bequeme Weg, wo auf breiter Strasse vertraute Menschen lachend sich bewegen.

Nach und nach, du merkst es kaum, ziehen gute Gründe dich zu all den andern hin, wo du den Weg nicht selber suchen musst.

Nur manchmal noch, in stillen Nächten, ruft dein Herz dir heimlich zu: «Warum nur hast du mich und deinen Pfad verlassen?»

Zeit der Musse

In der Blüte deines Seins
schenkst du Zeit und Musse
schenkst du Suchenden von dir
was dir selber kostbar ist.

Was aus deiner Mitte strömt
lässt dich aufrecht gehen
schenkt dir immer neue Kraft
stets zu wissen wer du bist.

Was dir selber kostbar ist
sollst nur du entscheiden
auch wenn das im Alltag hier
für dich oft nicht einfach ist.

Menschen kommen und sie gehn
ihren Weg nach irgendwo
doch was bleibt bist immer du
jetzt und morgen alle Zeit.

Schmetterling im Wind

Dein Hauch lässt mich schweben
lässt mich steigen und fallen.
Dein Hauch liegt in allem
was die Erde bewegt
bis hoch in den Himmel
und zurück zu uns allen.
Im Lichte der Sonne
in den blühenden Gärten
will ich heute geniessen
was ein Flügelschlag schenkt.

Gedankenreise

Es sucht sich ein Gedanke
den Freund der ihn versteht
und der auch ohne zaudern
ein Stück weit mit ihm geht.

Es suchen mit ihm viele
doch keiner kommt ihm nah
weil jeder statt den andern
stets nur sich selber sah.

Denn keiner ist so mutig
zu denken so wie er
man denkt so wie die andern
das ist nicht halb so schwer.

So denkt er einsam weiter
geht seinen Weg allein
und lernt dabei und staunt
ganz bei sich selbst zu sein.

Und jetzt denkt er gelassen
im Land von irgendwo
das weiss ich und bin sicher
denkt einer ebenso.

Ode an die Krähen

Euer Ruf tönt krähenweit
über Felder über Dächer
doch wer soll all das verstehen
was die Schwarzbefrackten krähen.

Eines jedoch ist gewiss
menschlich sind wir erdgebunden
ihr jedoch ihr klugen Raben
könnt etwas das wir nicht haben.

Spielend schraubt ihr euch empor
ungebunden nicht wie Menschen
die sich hier im Alltag drängen
scheint ihr frei von all den Zwängen.

Wer von uns ist denn gewiss
über alledem erhaben
wer nicht so wie wirs verstehen
sich austauscht wie kluge Krähen.

Irgendwie ist mir vertraut
wenn ihr spielt vom Wind getragen
wie ich selbst in lichten Räumen
froh entschwebe in den Träumen.

Etwas weiss ich ganz bestimmt
bis zum Mond fliegt keine Krähe
doch eines habt ihr uns voraus
ihr macht euch selbst nicht den Garaus.

Auf Zeit zu zweit

Wie der Adler seinen Schwingen
so vertraue ich auch mir
auf der Reise durch die Zeiten
auf dem Weg vereint mit dir.

Und im Spiel der Augenblicke
freust du Seele dich mit mir
wenn ich selbst nach Sturm und Regen
Einkehr halte auch bei dir.

Sind die Wege auch verschlungen
und die Türen oftmals zu
eine lässt mich nie alleine
und die Eine die bist du.

Freu dich an dem Spiel des Lebens
denn nur kurz sind wir hier Gast
ach so mancher der hier weilte
grämte sich was er verpasst.

Ja so sind wir treu verbunden
du mein waches Sein in mir
tauschen aus was wir erleben
deshalb sind wir beide hier
bis wir fröhlich scheiden.

Vernebelt

Es steigt aus Fluss und Schründen
des Nebels feuchter Hauch
geheimnisvoll verborgen
ist jeder Weg und Strauch.

In seinem kühlen Schosse
kehrt weithin Ruhe ein
und selbst das Riesengrosse
wirkt schemenhaft und klein.

So halt ich staunend inne
und fühle was sich hier
in Ruhe still entfaltet
ist auch ein Teil von mir.

Im Nebel geh ich weiter
alleine für mich hin
und frag mich immer wieder
wer ich denn wirklich bin.

Perlentau

Im kühlen Hauch des Morgens
zittern leis an Strauch und Halmen
Tautropfen einer langen Nacht
dem neuen Tag entgegen.

Im warmen Schein der Sonne
erstrahlen ihre Lichter
schlaftrunken noch im Perlenmeer
dem goldnen Licht entgegen.

Ein Windhauch trägt ihr Strahlen
hinaus bis zu den Menschen
damit auch sie nach langem Schlaf
in ihrem Licht erwachen
wie Perlentau am Morgen.

Die Stille

Die Stille wirkt, wen wundert es
auf ihre eigne Weise
denn was sie uns zu sagen hat
das flüstert sie nur leise.

Es folgt ein Stiller ihrer Spur
und will sie ernsthaft fragen
was willst du in der Stille nur
dass ichs verstehe, sagen.

Und was sie sagt, versteht nur er
und lächelnd zieht er weiter
denn was er fand im Stillen hier
stimmt ihn von Herzen heiter.

Sein Lächeln fliegt den Menschen zu
trotz Lärm und viel Getriebe
weiss er, ein jeder sucht doch nur
auf seine Art nach Liebe.

Ein wundersamer Gast

Ein Wunder kam geflogen
und keiner weiss woher
es wirklich zu verstehen
fällt vielen Menschen schwer.

Ein Wunder kam geflogen
und machte bei dir Rast
heiss dankbar es willkommen
den wundersamen Gast.

Denn keiner kann es zwingen
es fliegt wohin es will
und wirkt für uns verborgen
geheimnisvoll und still.

Es setzt sich heimlich nieder
gleich einem Schmetterling
und bald schon fliegt es weiter
und keiner weiss wohin.

Das Wunder am Wegrand

Als kaum der Tag erwachte
da stand es längst bereit
doch jeder ging vorüber
und hatte keine Zeit

Und als es Abend wurde
stand es noch immer da
es war den vielen Menschen
doch so unendlich nah

Just als es gehen wollte
da kam ein Kind daher
entzückt sah es das Wunder
und beide staunten sehr

Herr Fröhlichs Hut

Herr Fröhlich gut behütet
ging seinen Weg dahin
sein Hut der stand ihm prächtig
und heiter war sein Sinn.

Dann stürmt und das war listig
ein Windstoss wild daher
fort war die Kopfbedeckung
und das schien ihm nicht fair.

Herr Fröhlich fands nicht lustig
und überhaupt nicht gut
man stahl ihm hinterlistig
vom kahlen Kopf den Hut.

Doch Fröhlich der bleibt fröhlich
und fasst schon wieder Mut
er freut sich jetzt schon heimlich
auf einen neuen Hut.

Vertrauen

Es lebt ein Zauberwesen
ganz tief in jedermann
steh mutig ihm zur Seite
und staune was es kann

Dem starken Geist vertraue
er alles Leben lenkt
und der selbst wenn du zweifelst
dir sein Vertrauen schenkt

Es wirkt das Zauberwesen
in jedem der mit Mut
den eignen Weg beschreitet
und in sich selber ruht

Nahtlos

Es rauscht der Wind
es flieht die Zeit
und keiner kann sie halten.

Und nahtlos wird
das Leben selbst
sich immer neu entfalten.
Wo keine Zeit
die Stunden misst
hilfst du die Welt gestalten.

Kummer vergeht

Was willst du dich grämen
was keiner versteht
das Leben geht weiter
und Kummer vergeht

Vielleicht kommt schon morgen
das Glück auch zu dir
es wartet schon draussen
vor deiner Tür

Heut bist du noch traurig
und morgen schon froh
dein Herz liebt das Leben
es mag dich doch so

Es steht ein Stein

Es steht ein Stein im Garten
alleine still für sich
und träumt vom Meeresrauschen
das längst verklungen ist

Und noch in tausend Jahren
hallt jeder Wellenschlag
der ihn einmal umspülte
auf seine Weise nach

Im weiten Meer des Lebens
hat alles seinen Sinn
und nichts geht je verloren
weil einer sagt – ich bin

Ihr gebt ihm viele Namen
er weiss woran ihr denkt
doch er bleibt stets der eine
der selbst das Rauschen lenkt

Es steht ein Stein im Garten
und träumt so vor sich hin
ich möchte gerne wissen
wer ich denn wirklich bin

Ungebunden

Ungebunden wie der Wind
reisen die Gedanken
bis zu fernsten Sternen hin
kennen keine Schranken

Alles was des Menschen Geist
jemals wird erfahren
wird dem steten Sucher sich
einmal offenbaren

Ungebunden wie der Wind
schaffen die Gedanken
selbst was dir unmöglich schien
kennen keine Schranken

Ungebunden kann der Geist
liebend nur ergründen
was so lang gebunden war
in sich selber finden

Ruf der Freiheit

Die Freiheit ruft
ich kenn das Ziel
verlass die breiten Strassen

Hör jetzt auf mich
vertraue mir
ich wohn in deinem Herzen

Verzage nicht
wenn Einsamkeit
und Ängste dich beschleichen

Ich bin bei dir
zu jeder Zeit
und werd nicht von dir weichen

Allein mit mir
auf deinem Weg
wirst du dein Ziel erreichen

Macht der Gewohnheit

Es reist ein Gedanke
sagt keinem wohin
er will einfach heute
dem Alltag entfliehn

Vielleicht trifft er einen
genauso wie er
gemeinsam erleben
was will man noch mehr

Sie treffen sich wirklich
und froh ist ihr Sinn
sie fragen sich beide
wo gehn wir jetzt hin

Da strahlt einer plötzlich
ich gehe nach Haus
dort ist mir am wohlsten
dort kenn ich mich aus

Von Augenblick zu Augenblick

Ein neuer Tag ein neues Glück
so denk ich jetzt im Augenblick
und freu mich schon am Morgen
was kümmern mich die Sorgen
ich lebe doch im Augenblick

Was gestern war ist längst vorbei
was morgen kommt, was es auch sei
ich werde es frei gestalten
und mich auch daran halten
von Augenblick zu Augenblick

So lebe ich im Hier und Jetzt
und weiss ich bin doch stets vernetzt
mit allen und mit allem
im Gehen oder Fallen
auf ewig stets im Augenblick

Ich atme jeden Augenblick
schau nicht nach vorn und nicht zurück
und weiss es gibt kein Ende
wohin ich mich auch wende
vertraue ich dem Augenblick

Verbunden

Der Wind aus den Bäumen
flüstert leise mir zu
wohin ich auch reise
bist immer auch du

Oft küss ich dich zärtlich
manchmal stürm ich dahin
ich lass mich nicht binden
wo käm ich da hin

Du bist mir so ähnlich
wir verändern uns stets
ich frag dich mein Bruder
heut freundlich – Wie gehts?

Ich bin auf der Reise
unterwegs auch mit dir
dein Atem schenkt Leben
davon leb ich hier

Nichts kann uns je trennen
was ein Schöpfer gedacht
sind alle verbunden
bei Tag und bei Nacht

Ein Sucher

Ein Sucher alleine
ging einsam dahin
und fragte sich heimlich
wo wend ich mich hin

Er suchte schon lange
den Ort voller Licht
er reiste durch Länder
und fand ihn doch nicht

Da kam ES entgegen
dem einsamen Mann
ein himmlisches Wesen
und strahlte ihn an

Was suchst du Geliebter
und findest es nicht
es glimmt doch in jedem
das himmlische Licht

Freiheit

Die Freiheit ungebunden
zieht ihren Weg dahin
wohin sie sich auch wendet
vergisst sie nie ihr Ziel

Sie schreitet kraftvoll weiter
und staunt so vor sich hin
wie kommt es immer wieder
dass ich so fröhlich bin?

Sind es wohl all die Wunder
die hier am Wegrand stehn
an welchen ach so viele
achtlos vorübergehn?

Und mutig schreitet weiter
sie Tag um Tag dahin
und weiss zutiefst im Herzen
mein Weg führt mich zum Ziel.

Frühling

Es blüht in Feld und Gärten
Der Frühling ist zu Gast
und auch in manchen Herzen
macht er genüsslich Rast

Was lange heimlich ruhte
ist wieder neu erwacht
es öffnen sich die Knospen
in ihrer Blütenpracht

Selbst in verschlossne Herzen
zieht neues Leben ein
im Stillen hofft es heimlich
wird es die Liebe sein

Es blüht in Feld und Gärten
was lange schlief erwacht
vorbei die dunklen Nächte
der Frühling hats vollbracht

Ruf der Seele

Es lebt ein Zauberwesen
doch keiner kann es sehn
es will mit dir, vertrau ihm
getreu durchs Leben gehn

Mit dir will es erfahren
was ihm so wertvoll ist
allein mit dir erleben
was es nie mehr vergisst.

Allein in stillen Stunden
raunt es dir leise zu
erwache Mensch doch endlich
was ich bin bist doch du

Es wird nur das vergehen
was mir hier dienen soll
dir Mensch bleib ich als Seele
wohl stets geheimnisvoll

Im Geist der Liebe

Ein hoffnungsvoller Sucher
zog einsam durch das Land
er träumte von der Liebe
die er bisher nicht fand

Am Kreuzweg hielt er inne
wohin nur wend ich mich
er rief in alle Winde
wo nur denn find ich dich

Da kam ein schönes Wesen
wie er noch keines sah
ich bin der Geist der Liebe
und immer für dich da

Ich bin bei dir Geliebter
wo immer du auch bist
wenn du dein Herz mir öffnest
weisst du was Liebe ist

Dann wirst du Brückenbauer
für Suchende wie du
gehst selbst im Geist der Liebe
auf andre Menschen zu

Aphorismen

*Wahrhaftige Liebe schränkt nicht ein
noch schliesst sie aus!*

*Jedes Ereignis kündet sich durch die ihm eigenen
Vorzeichen an. Überrascht wird nur, wer seine
Sinne nicht stetig schult und wach bleibt.*

*Wer zu Pferd daherreitet, achtet den Wurm nicht,
der sich im Strassenstaub windet.*

*Die Raupe fürchtet sich nicht, ihre bisherige
Existenz aufzugeben, um Schmetterling
zu werden. Sie vertraut dem alles bestimmenden
ewigen Gesetz der Veränderung.
Und wir Menschen?*

*Zur selben Frage findet der Verstand genauso
viele Argumente dafür wie dagegen.*

Du bist, was du denkst.

Zauderer – Plauderer

Träge und Jammerer sind gute Freunde.

Golfer spielen trotz Handicap.

*Im Fahrwasser des Gewöhnlichen schwinden
Geist- und Lebenskraft.*

*Je älter Geist und Glieder,
erwachen alte Muster wieder.*

Wer den Adler liebt, sperrt ihn nicht ein.

Wunschträume, unsere stillen Energiespender.

*Den Schönen, wenn sie auch noch klug sind,
kommt vieles entgegen.*

*Die mit den blütenweissen Westen sind,
wenns drauf ankommt, selten die Besten.*

Vertrau der Kraft des Augenblicks!
Isidorus, 1.10.2013

*Wir haben unendlich viele Möglichkeiten,
uns mitzuteilen. Eine davon ist – es zu unterlassen.*

*Unabhängig davon, was Menschen von dir halten,
bist du der, der du bist.*

*Veränderungen sind wie der Blutkreislauf.
Sie erhalten unsere Lebendigkeit.*

*Alle Bücher der Welt zusammengefasst
sind im besten Fall eine Zeile im allwissenden
Buch des Lebens.*

*Wenn du die grosse Liebe suchst,
suche nicht zu weit, finde sie zuallererst in dir
selbst und lebe sie auf deine Weise.
Wo denn sonst müsstest du sie finden und ihr
den Raum zur Entfaltung geben.*

Erfahrungen sind nicht käuflich.

*Wer stets den Kopf einzieht, soll sich nicht
wundern, wenn dieser als Amboss benutzt wird.*

*Immer mehr Spezialisten versuchen zu erklären,
was sie selbst nicht verstehen.*

*Erst wer die Treppen des Glaubens bewältigt hat,
erwacht im Land des Wissens.*

Wer laut genug ist, muss nicht hinten anstehen.

Persönlichkeit kennt kein Alter.

Es gibt die Richtigkeit des Augenblicks.

Aufgeklärt heisst noch lange nicht abgeklärt.

*Wer sich erklären muss,
belügt nicht nur sich selbst.*

*Neid und Eifersucht sind hinterlistige und
äusserst facettenreiche Beziehungskiller.*

Ein Lächeln öffnet längst verklemmte Türen.

*Wir sind Teil der Natur. Wie wir mit ihr
umgehen, fällt früher oder später auf uns zurück.*

*Im Schatten der Selbstgefälligkeit verkümmert
die Liebe.*

Das zwischen uns Schwingende ist namenlos.

*Es braucht Mut, bewährte Pfade zu verlassen
und Neuland zu ergründen.*

Es gibt unendlich viele Drogen.
Auch die Macht kann eine sein.

Reise zu den Sternen,
und auch du wirst strahlen.

Wir optimieren und kontrollieren,
bis auch dem letzten Optimisten die Luft ausgeht.

Das Gesetz des Ausgleichs hat ein Langzeitgedächtnis. Es vergisst nichts und niemanden.

Unser Menschendasein ist eine Episode,
ein Wimpernschlag eines nie endenden
Kreislaufs.

Wünsche nichts – wähle!

Liebe heiligt den Augenblick.

Was über den Augenblick hinausgeht,
ist Zukunft. Verbau sie dir nicht.

Was soll ich verändern, ich bewege mich doch,
sagt das Karussell.

*Mit der Gunst bei den Frauen
ist es wie bei den Hirschen.
Du kannst noch so röhren, wählen tun sie.*

Kommerz heiligt die Mittel.

Wenn Gott küsst, dann herzhaft.

Bewusstsein ist eine Frage des sich Erinnerns.

*Um zu sein, wer du bist,
braucht es keinen Beweis, sonst bist du es nicht.
Sei ES!*

*Auch mit Gesten, die von Herzen kommen,
kann man Menschen berühren.*

*Gott offenbart sich in jeder Knospe,
in allem und allen. Erwache und erkenne.*

Sei der, der du bist.

Was nicht sein darf, wird nicht sein.

*Das Universum hat ein Langzeitgedächtnis.
Es vergisst nichts und niemanden.*

*Das Gefäss kann noch so schön sein,
entscheidend ist sein Inhalt.*

*Auch der knorrige Apfelbaum blüht
immer wieder neu.*

*Keiner hat sie gesehen, die Zeit,
und doch hinterlässt sie deutliche Spuren.*

*Schaut, wie standfest und treu ich bin,
hauchte das Männertreu,
während es lautlos verduftete.*

Partnerschaft verbindet, ohne zu binden.

Nur wer frei ist, kann sich frei entfalten.

Robert Lerch wurde 1938 in Olten auf dem Ruttigerhof geboren. In diesem bäuerlichen Umfeld entfaltete sich seine tiefe Verbundenheit mit der Natur. Nach dem frühen Tod des Vaters besuchte er als Jungbauer die Landwirtschaftsschule. Auf dem zweiten Bildungsweg liess er sich später zum diplomierten Sozialarbeiter ausbilden. Dazu gehörte auch ein Praktikum in einer psychiatrischen Klinik. Über 37 Jahre wirkte er im Aussendienst und als Leiter einer Hauptagentur sehr erfolgreich als Versicherungs- und Anlageberater.

Es steht ein Stein ist sein drittes Buch. Bereits früher erschienen sind *Der Himmel ist der Garten nebenan* (2010) und *Wer nicht vom Fliegen träumt, dem wachsen keine Flügel* (2012).

Poetische Betrachtungen
Robert Lerch lernte früh, dass zum Menschsein Geburt und Tod gehören. Beides sind für ihn Übergänge in eine andere Daseinsform. Die Geburt liegt hinter uns. Den Tod vor uns verdrängen wir immer wieder. Die Gedichte berichten von der Essenz des Lebens und der Gewissheit, dass dieses unzerstörbar ist. Durch sie will der Autor Mut machen, das Leben aktiv zu gestalten und im Moment zu leben.

Der Knapp Verlag wird vom Bundesamt für Kultur mit einem Strukturbeitrag für die Jahre 2016–2018 unterstützt.

Die Herausgabe wird durch den Verein «Freunde des gepflegten Buches» gefördert. www.freunde.knapp-verlag.ch

Layout, Konzept Bruno Castellani, Starrkirch-Wil
Satz Monika Stampfli-Bucher, Solothurn
Korrektorat Petra Meyer, Beromünster
Illustrationen Jörg Binz, Olten
Druck CPI - Clausen & Bosse, Ulm

1. Auflage, Oktober 2017
ISBN 978-3-906311-26-5

Alle Rechte liegen beim Autor und beim Verlag.
Kein Teil des Werks darf in irgendeiner Form ohne Genehmigung der Herausgeber verwendet werden.

Gedruckt auf umweltfreundlichem FSC-Papier.

www.knapp-verlag.ch